Un message de l'ailleurs

ISBN papier : 978-2-37806-352-8
ISBN pdf : 978-2-37806-353-5
ISBN epub : 978-2-37806-354-2

Efry Trytch Mudumumbula

Un message de l'ailleurs

(Nouvelles)

GNK Editions
Gabon

Du même auteur

-    *Mimbi et le monde* (roman), Paris, Éditions Édilivre, 2016.

-    *le chemin qui mène vers…* (roman), Paris, Éditions Édilivre, 2018.

-    *Chronique d'un Dieu oublié* (nouvelles), Abidjan, Éditions Gnk, 2020.

-    *''Le dernier forfait de Dolè'' in Ce que le chien a vu à Nzeng Ayong* (nouvelle/Collectif UDEG), Libreville, Éditions Udeg, 2020.

-    *Brasier de vers* (poésie/ CODAAF) Libreville, Éditions Gnk Gabon, 2020.

-    *Bien conjuguer* (essai), Libreville, Éditions Gnk Gabon, 2021.

-    *Les vers de la vie* (poésie/ Fath Kumbe Manduku), Libreville, Éditions Gnk Gabon, 2021.

-    *Mémoire épluchée* (nouvelle), Libreville, Éditions Gnk Gabon, 2021.

-    *L'appât-science* (théâtre), Libreville, Éditions Gnk Gabon, 2021.

-    *Ghélongo ou le remède* (roman/Okoumba-Nkoghe), Libreville, Éditions Gnk Gabon, 2021.

-    *Tous ces ans foirés* (théâtre), Libreville, Éditions Gnk Gabon, 2021.

-    *Mes passions brûlantes* (poésie/avec Princesse Loango), Libreville, Éditions Gnk Gabon, 2021.

-    *Nos vers en vert* (poésie/CODAAF), Libreville, Éditions Gnk Gabon, 2021.

-    *La révolte des Casses-Rôles* (poésie/CODAAF), Libreville, Éditions Gnk Gabon, 2021.

Bitola

Il était déjà six heures quinze du matin à Tsengue. Plus qu'une quinzaine de minutes avant l'ouverture du grand marché municipal. Madame Pasteur, comme son nom le démontre, outre accompagner son époux Pasteur Vinda à l'église, avait également opté pour le commerce en ces temps difficiles, ces temps de vache maigre et de crise généralisée.

Ainsi, quand elle n'était pas auprès de son homme à l'Église, elle passait la grande partie de son temps au marché avec les autres femmes commerçantes. Et puis, il fallait bien résister à la sauvagerie de la vie. Surtout, ne pas baisser les bras et se laisser frapper en plein visage.

Elle avait compris qu'il n'y avait pas de sot métier, mais que de sottes gens. Elle avait su que, pour éviter de simplement se régaler de sot-l'y-laisse, il fallait bien que les doigts travaillent.

Ayant reçu l'accord de son époux, elle vendait au marché de Dikassa, là où les oiseaux n'aimaient pas l'eau.

Ce jour-là, il se faisait encore trop tôt, mais déjà, on pouvait observer dans ce lieu de la municipalité, une attraction particulière. Les gens arrivaient très rapidement, pressés de faire leurs achats, et de repartaient tout aussi. Alors, il était nécessaire qu'elle se dépêche.

La veille, elle n'avait presque rien vendu. Repartant ainsi avec les quatre cinquièmes de sa marchandise pourtant pas assez comparée aux précédentes fois. Alors, aujourd'hui samedi, elle espérait, de tout son cœur et de toute son âme, y compris avec la prière de ce matin au côté de son homme que ça irait pour le mieux. Elle arrêta le premier taxi rencontré. Ce dernier accepta tout de suite. « Dieu garde tout le monde. Alors Dieu me garde », se dit-elle en montant. Qui plus est, elle était la femme du Pasteur. Le Pasteur. Le grand Pasteur. Un vrai Pasteur, pas comme on envoyait dans les films. Non ! Lui, c'était le Boss de tous les boss. Oh, Bon Dieu ! C'était un vrai et sacré Pasteur ce bonhomme.

Pasteur Vinda ! Non ! Il n'y avait pas son égal à Dikassa et même dans tout Mughombo. Lui ! Mais non ! Quand le Pasteur Vinda, encore appelé Pasteur Miracle prêchait, moi-même j'avais la chair de coq. Hein ! Je confonds déjà même les expressions. Seigneur ! Je voulais dire, la chair de poule. Comment ! Dès qu'il commençait seulement à dire quelque chose, on était surpris par des palpitations vertigineuses, courbes, perpendiculaires, horizontales et même obliques. Ôôôôôh !

Enfin, en de tels moments, la distinction s'évadait et les sensations bizarres et fortes et puissantes s'installaient. Bref, oublions ça. Ici, il ne s'agissait pas de moi et de mon histoire.

En fait, je ne savais plus ce que je ressentais à ce moment précis. Il suffisait qu'il tienne le micro pour que le silence se fasse maître des lieux. Et lorsqu'il prononçait juste un mot, les oreilles se bouchaient et parfois sifflotaient comme si, ses paroles (infiltraient en toi comme les aliments dans le sang. Et celles-ci, là-bas, procédaient à un nettoyage complet de ton être en entier. Lorsque ses prêches te touchaient et que le message osait t'illuminait, tu te retrouvais soudainement propulsé au sol, qui plus est, paralysé par je ne sais pas quoi. Ôôôôôh !

Dans ses RI PO PO PO PO PO ajoutés de ses RI PA PA PA PA PA PA, ton esprit s'élevait vers le Ciel afin de recevoir particulièrement l'onction de Jésus Christ Fils de Dieu le Père. Tu pouvais y être des heures durant sans jamais se déplaire de ce lieu sans conteste le plus beau et le plus soigné en terme propreté, habillage ou décoration, faune et flore, la simplicité dans le complexe, l'éclat, la blancheur aveuglante, et que sais-je encore. Pour redescendre sur terre, il suffisait d'un touché, une imposition des mains et tu étais bien de retour. Là, dans cette étendue de malheurs, de corruptions, de viols, de vols, d'imbécilités, de fourberies, de sexes, d'alcoolismes et patati et patata.

Ah ! Sacré Pasteur Vinda ! Aucun autre ne pouvait chasser les esprits du diable comme lui :

- Esprit de la cigarette, sort du corps de cet enfant de Dieu ! Je te repousse et t'ordonne de quitter la demeure de l'éternel Notre Père, notre Roi et notre Seigneur !

Il le disait pour un fidèle qui ne faisait plus que les gestes et grimaces d'un fumeur aux allures mystiques.

- Et toi, esprit de corruption et d'argent, sort ! dit-il. Pour un autre qui agissait comme quelqu'un qui comptait des billets, les prenait et les mettait dans une certaine mallette, qu'il avait pris le soin de bien fermer, tout en prenant soin de regarder de chaque côté avant de la cacher.

Va échouer dans les eaux des hautes mers. Vers toi, je brandis l'épée céleste. Je fends la mer afin que ses eaux profondes t'engloutissent à jamais. Faya ! Faya ! Faya ! ajouta-t-il.

Les fidèles, pour montrer le niveau de présence du Saint-Esprit, faisaient monter la tension en accompagnant remarquablement le grand Pasteur, le Maître Vinda en boucle :

- Le feu ! Le feu ! Le feu ! Le feu !

Alors, comme l'avait fait avant lui le prophète Moïse, seulement cette fois, ce fut mystiquement et spirituellement que l'homme de Dieu fendit les eaux de la mer afin qu'allât finir ses jours là-bas l'esprit blessé et impuissant.

- Le feu de Dieu brûle ! RI PO PO PO PO PO PO. Oh, Dieu ! RI PA PA PA PA PA PA. J'invoque le feu ! J'invoque le feu ! Oh, Dieu !

- Le feu ! Le feu ! Le feu ! reprenaient en chœur les fidèles de Maître Vinda.

- Le feu de l'Éternel mon Dieu, mon Roi.

- Le feu ! Brûle en ce lieu !

Chaque jour, le Pasteur Vinda envoyait les esprits qu'il chassait là-bas à la mer. Il les faisait prisonniers de celle-ci. Le rituel, chaque jour, était un peu plus intense, plus puissant, plus dévastateur.

Malgré cela, il ne demandait pas assez à ses fidèles. Ce qui était une bonne chose pour les populations de ce petit espace abandonné par l'État. Ah ! Qu'il était généreux, le Pasteur Vinda. La dîme était volontaire et non obligatoire comme le faisaient les autres vrais faux pasteurs.

Donc, madame Pasteur Vinda supplia l'automobiliste de faire un peu plus vite. Sans accuser de résistance, il accéléra. Grande ne fut pas sa surprise quand elle trouva du monde devant le marché. Une foule était bien là, entassée autour de Bitola qui liquidait déjà sa marchandise avant même l'ouverture des immenses portes municipales. Il faut dire que la marchandise de Bitola trouvait toujours des clients. Jamais elle n'était repartie avec elle.

Dressée-là, à la descente du taxi, elle assistait, impuissante, à la scène. Elle regarda sa montre qui lui donna six heures quarante-cinq minutes. Juste le temps d'amener à nouveau le regard vers la foule que Bitola emballait déjà ses paniers et sacs vides.

- Impossible ! sût-elle simplement dire.

Eh oui ! Bitola était une commerçante pas comme les autres. Elle, différemment des autres, était une chercheuse doublée d'une curieuse. Ces éléments réunis faisaient d'elle une personne qui adorait toujours être au-devant de la scène. Elle idolâtrait la place de premier jusqu'à tout faire pour que son vœu se réalise et bien évidemment, demeure. Un seul leitmotiv : « Être toujours la tête et non la queue ».

Bitola était une jeune fille de vingt-neuf ans qui très tôt avait abandonné le chemin de l'école. La vie n'avait pas été douce avec elle. En effet, à trois ans, elle était déjà orpheline de mère et son père, bien que vivant, avait tout de suite pris la poudre d'escampette. Entre absence d'amour maternel et fuite de l'autorité paternelle, elle était à la merci du besoin. Seule face à la férocité du monde.

Peu de temps après la mort de sa mère et le départ de son père, elle avait été recueillie par Odile, l'une des sœurs de la défunte, la plus grande des deux de ses tantes. Cette dernière, bien qu'ayant accepté de la loger chez elle, fit d'elle sa bonne.

Au début, c'étaient de petites tâches, des taloches et des miettes comme nourriture. Avec le temps et l'âge, le travail avait évolué.

À dix ans, c'était le chemin de la plantation, puiser de l'eau à la source, faire la lessive et la vaisselle de toute la maison, la cuisine… Le travail ne se faisait pas sans coups : taloche, coup de pied, coup de poing, coup de chicotte, coup de chevron, coup avec la croix…

Le temps faisant son bout de chemin, et elle accepta cette condition afin de ne plus avoir à souffrir. Dans ce vaste champ de suicide, le plus difficile était d'accepter. Mais elle avait fini par le faire afin d'apaiser ses nombreuses douleurs. Désormais, elle le faisait avec application.

À douze ans, elle était devenue plus grande que certaines filles plus âgées. Elle savait tout faire dans une maison. Alors, à la place du salon, la tante lui offrit un petit coin à la cuisine. Celui-ci devenait son petit chez elle. Peu de temps après, six mois après l'anniversaire de Bitola, fêté avec un reste de bougie et un morceau de tubercule de la veille, sa tante Odile à son tour passa de vie à trépas lors d'un accident de voiture. Cette dernière était dans un restaurant de la place, attendant un certain monsieur qui, selon ce qui avait été rapporté par les journaux de Tsengue, tardait à arriver. Désespérée par l'attente, elle sortit de là pour rebrousser chemin. Pour prendre son taxi, il fallait traverser la voie qui était régulée par des feux. Seulement le chauffard, à toute vitesse, ne put freiner bien que la signalisation fût au rouge. Selon lui, les freins avaient lâché et le vin plein les yeux, il n'avait aperçu la dame que bien trop tard.

Cette fois, ce fut le tour de sa tante Yvette de la prendre sous son aile. Contrairement à la première, sa tante Yvette vit en Bitola sa fille. De ce fait, elle la remit à l'école de Mikélange où, elle rencontra Kévin.

Kévin était un jeune homme très beau, surtout très intelligent et à l'allure très parfaite. Dès le premier regard posé sur lui, elle tomba tout de suite follement entichée. La providence fit en sorte qu'ils soient dans la même classe. Comme une lionne piégeant sa proie, elle l'attira sur sa place. Le point positif était que lui, comme par la magie de l'amour, avait également, pour elle, reçu la flèche de Cupidon. Ce fut donc un amour partagé.

Peu de temps après, Kévin fut découvert nu sous le pont de la Lolo avec une empreinte visible de rose à lèvre sur toute la bouche, le matériel encore bien en érection et des marques de griffes au dos. Belle mort, n'est-ce pas ?

- Elle fut la première à être suspectée. Seulement, les preuves l'innocentaient. Le coupable était un certain monsieur Brice Tamni. Un corsaire de palétuvier qui excellait dans les coups bas et surtout dans la vente de la mort. Par qui avait-il été envoyé ? L'enquête n'eût abouti à aucun résultat. Très vite, la police abandonna tout sur ladite enquête au grand plaisir des commanditaires au grand dam de la famille.

- Comment fais-tu pour toujours écouler tes produits aussi rapidement ? interrogea madame Pasteur Vinda.

- Comment ça ? se surprit Bitola.

- Tu es souvent la dernière à arriver, mais surtout la première à repartir. Ta marchandise ne dort jamais, et ce, peu importe la quantité apportée. Dis-moi comment tu fais, s'il te plaît ! C'est assez incompréhensible pour moi. Je dirais même que c'est fou cette situation.

- Madame Pasteur, je ne fais rien, croyez-moi. Mes mains sont en l'air.

Elle les leva pour plaider non coupable.

- Je ne te crois pas, tu sais. Cela fait déjà un bon moment que je suis dans ce marché. Et toi aussi d'ailleurs. Tout le monde ne parle que de toi. Depuis que tu es arrivée ici, jamais ta marchandise n'a dépassé treize heures. Et ça, même les jours de grande sécheresse pour les autres.

-	Ce n'est qu'un coup de chance, croyez-moi.

-	Je ne te crois pas. Je t'ai bien observée. Et puis, arrête de me vouvoyer. Je m'appelle Josiane, Josiane Vinda. Et toi, tu peux simplement m'appeler Josiane. Ou bien Josi pour les plus intimes.

-	D'accord madame Vinda. Bonne journée à vous. J'ai un autre programme.

-	Mais ? Je…

Bitola avait déjà tourné ses talons. Madame Pasteur passa un long moment-là, à nouveau absorbée dans ses réflexions.

Le lendemain, elle revint à la charge. Le jour d'après également. Les jours suivants, toutes les femmes ne vendaient presque plus. Les marchandises se détérioraient et certaines n'osaient même plus venir, attendant tranquillement chez elles que la situation s'améliorât.

Madame Pasteur Vinda insista à nouveau. Elle insista encore. Elle insista toujours. Et les jours passaient. Les semaines aussi. À l'église aussi, les choses devenaient de plus en plus difficiles. La sécheresse financière frappait de tous les côtés.

- Dis-moi, s'il te plaît comment fais-tu. J'en ai assez de cette situation.

- Je ne te crois pas assez forte.

- Je suis prête à assumer les conséquences.

- Je ne te crois pas capable.

- Je le suis pourtant. J'ai besoin d'aider mon homme. Cette crise m'exaspère de jour en jour. Quand nous pleurons, toi tu jubiles. Partage avec moi les secrets du bonheur.

- Je ne te crois pas, je te le dis.

- Et moi, je te dis que plus déterminée que moi, tu meurs.

- Es-tu sûre ?

- J'en suis certaine.

- Vraiment vous les Camer, vous ne lâchez jamais l'affaire. Avant, il faut que tu me jures fidélité et obéissance.

- Je te le jure sur ce qu'il y a de plus important dans ma vie.

- Je t'accorde un peu de temps de réflexion.

- Pourquoi faire avec ? J'ai déjà longtemps réfléchi à ça.

- Alors, mets ton sang dans ce flacon. Six gouttes pour tracer le chemin.

- Attends, ça tombe vraiment bien… Je dois avoir une épingle dans mon sac. Une minute.

- Kiééééé !

- C'est mieux de battre le fer quand il est encore chaud.

- Toi, ôôôôôh !

- Que te faut-il encore ?

- Pour l'instant, plus rien. Il faut simplement que tu réussisses à me rejoindre à la plage du Lycée d'État à vingt-trois heures vingt au plus tard. Tu verras une lumière arc-en-ciel. C'est là. J'y serai déjà. Mais il faut bien te rassurer de n'être pas suivie. C'est très important.

- Ça, c'est un petit problème.

- Tu peux venir quand ?

- Aujourd'hui même.

- Alors, en venant, apporte trois œufs à la coquille blanche.

- C'est tout ?

- Oui. Le rituel n'a besoin que de ça. Je me charge du reste. J'allais oublier, viens également avec ton argent pour les courses. Je ne t'expliquerais le reste que sur place. Arrive d'abord et on verra.

- D'accord.

- À ce soir alors !

- À ce soir !

Le rendez-vous avait été pris et madame Pasteur Vinda était prête. Bitola, un peu douteuse ne pensait pas la voir. Une femme de Pasteur, cela ne se peut. Qui plus est, la femme de Maître Vinda, impossible.

À vingt-trois heures tapantes, elle aperçut une silhouette qui se précisait avec l'approche. C'était bien elle. Elle n'en croyait pas.

- Josiane ? s'interrogea une ancienne du marché d'Akébé. Une fervente chrétienne de l'église du Pasteur Vinda, appelée communément sœur Patience tant elle était douce et patiente.

- Je n'en crois pas mes yeux. Lança une autre, la sœur Édith.

- Celle-là, ce n'est pas la femme du… dit une femme visiblement troublée d'étonnement.

- Si. Déclarèrent plusieurs femmes en chœur.

- Josi, bienvenue parmi nous. Je crois que tu connais plusieurs femmes ici.

- Merci, dit-elle un peu gênée.

Elle voulait refaire demi-tour. Quand, par l'épaule, Bitola la saisit.

- Il n'est plus question de reculer. Personne ici ne dira quelque chose. Le rituel du sang nous interdit de dévoiler ce qui se fait ici. Ici, nous sommes toutes des sœurs d'une même mère : la mer. Attention, elle est très stricte et peut quelquefois devenir très capricieuse. Mère déteste être désobéie.

- Alors, dis-moi tout.

- À vingt-trois heures cinquante, on lance chacune un premier œuf. Au fait, as-tu pensé aux trois œufs ?

- Oui.

- C'est très bien. Dix minutes plus tard, donc à minuit, viendra le tour du second. Et au troisième son de la grande pendule, on jettera le dernier. Ce n'est qu'à ce moment précis que la mer, notre très chère mère, ouvrira un chemin. Chacune de nous pourra aller dans le marché de mère faire ses courses. Nous aurons juste trois heures trente tout au plus là-bas. Sors avant les trente minutes parce qu'elles s'écoulent très vite. Quand tu y entres, un chronomètre apparaît sur ton bras droit. Pardon, respecte-le. Nous faisons trois heures trente là-bas, quand ici, nous sommes à trois minutes et quinze secondes. J'allais oublier, plusieurs raccourcis mènent ici. Avant le délai temporel, tu as le droit de demander ton chemin et la montre te guidera par les flèches ou la voix en forme de GPS.

-    Qu'est-ce qui se passe quand quelqu'un ne sort pas avant le temps ?

-    Elle se retrouve enfermée dans le monde des eaux. Tous les esprits de ce monde, interdits de nous toucher pendant l'heure n'ont plus d'obligation. Elle est levée jusqu'à l'heure du retour de l'interdiction. Mais pour ça, il faut que quelqu'un décide d'ouvrir la porte de l'extérieur. En simple, la personne pourra éternellement être prisonnière de ce monde si jamais personne n'ouvrait la porte de l'extérieur.

-    Les esprits peuvent tuer un humain ?

-    Évidemment que oui. L'humain s'est introduit dans un monde qui n'est pas le sien, alors il subit le châtiment des esprits. S'il te plaît, je te déconseille de rester là-bas. Vérifie ta montre de temps en temps. D'accord ?

-    D'accord.

-    Tu veux acheter quoi ?

-    Ce que je vends d'habitude.

- Très bien. Ne t'éloigne surtout pas. Le temps est une notion de luxe dans ce monde inondé d'articles.

Les voici entrées. Le marché était tellement vaste, bien garni et surtout, les articles étaient tellement moins chers. On pouvait voir des étales à perte de vue : des légumes, des poissons, de la vaisselle, de la lessive, des pagnes africains, européens, les dernières modes, les anciennes, les jeux en conceptions, la mode à venir sur les écrans, les écrans, les chaussures, les téléphones, les plans de maisons, les entreprises en vente là-bas, les bagues, les robes… Charmée par un marché aussi bien rempli, elle s'enfonçait de plus en plus. « Légumes, oui. Poisson, oui. Viande, oui. Poulet, oui. Ceci, oui. Cela, oui… »

- J'ai encore un peu de temps pour visiter ce magasin. D'ailleurs, je ne serais pas long. se dit-elle.

Madame Pasteur Vinda voulait tout avoir. Pourquoi se contenter de si peu quand on peut tout avoir ? Elle ne regardait plus sa montre. Plus elle s'enfonçait et plus l'heure passait. Plus elle aimait les articles, plus la mère se fâchait. Le temps qui lui avait été imparti s'épuisa et la mer se referma sur elle. Les autres n'arrivaient pas à comprendre… Comme punition, la mère déversa sur elle tous les esprits chassés par son homme, le grand Pasteur Vinda.

Bibi

C'était un mercredi, aux environs de midi que le corps de Bienvenue Mussètè alias Bibi fut retrouvé pendu au petit manguier, juste derrière la maison. Attendant patiemment d'être découvert.

La police fut alertée tout de suite et les sapeurs-pompiers aussi. Il fallait le constat avant de toucher à quelque élément présent sur cette scène de crime.

Les cris d'étonnement fusaient de partout. Les pleurs des parents, amis et connaissances aussi. Les curieux, plus nombreux que les autres voulaient à tout prix avoir une information. Bonne ou mauvaise, qu'importe. Le plus urgent était de décrocher une histoire à raconter à qui le voudra ou qui ne le voudra pas. C'était à prendre ou à prendre.

Et puis, il fallait faire sonner son nom dans toutes les couches et les bouches.

« Que s'est-il bien passé pour en arriver là ? » pouvait-on entendre dans la foule. « Mamoooo ! Un beau et jeune gars comme ça. Qu'est-ce qui n'a pas marché ? », « Kiééé ! Le gars-là, que mignon dans sa tenue de corps habillé. Que la swaggance. C'est du gâchis. Et moi qui le visais déjà ! « Pouvait-on entendre sourdre de cette même foule entassée tout autour du lieu. »

La police avait mis un barrage de sécurité. Elle était bien habituée à ce genre de chose.

— Il se croyait dans un film ou quoi ? lançait un riverain.

— Peut-être. Il a trop regardé les films de Jet Lee. Il a assurément confondu la fiction à la réalité, voulant ainsi tester la qualité et véracité des faits. De toutes les façons, vivre dans un monde parallèle, sinon déconnecté donne absolument ce genre d'effets et de faits. Il est donc impératif pour chaque humain d'apprécier la réalité avec ses beaux temps et ses moments de pure noirceur. Disait son voisin de droite.

— Tu as absolument raison camarade. La vie est comme une femme impolie et belle à la fois. Quand elle est gentille avec toi, profite de sa bienveillance. Mais si elle change de caractère, il faut être solide pour ne pas craquer. Et c'est là, seulement là qu'on voit qui est un véritable homme, un dur à cuir.

— Le comble dans tout ça, c'est que le jeune homme avait un brillant avenir. Il avait un job.

— Quel genre !

— C'est vrai que ça ne donne pas les fruits escomptés. Mais au moins, il avait de quoi bien se nourrir. Avec ça, il était dans la catégorie des rares jeunes du quartier à avoir un boulot. Et mieux encore, une copine.

— J'ai ouï dire que ce n'est pas la première fois que, dans cette famille, quelqu'un meurt ainsi.

— Malheureusement, c'est vrai.

— Excusez-moi les parents, avait-il au moins un microbe ? interrogeait l'un des curieux qui écoutaient tranquillement derrière les Trois Fâchés du Congo.

— Heuuuu !

— À ma connaissance, non.

— Tu sembles bien connaître le petit.

— En effet. Je suis dans ce quartier depuis trois mille ans.

— Je vois. Alors, dis-nous un peu plus sur lui, s'il te plaît.

— Que voulez-vous savoir ?

— Selon toi, qui était-il ?

— Et qu'est-ce qui pourrait bien être à l'origine de cet acte odieux ?

— La vérité est que je n'en sais pas plus que vous sur les raisons de cet acte. Je m'interroge aussi.

Bibi était un jeune garçon simple et surtout rempli d'énergie.

Il était toujours joyeux. Ah ! Ce petit était le petit frère que tout le monde aurait aimé avoir. Il appelait tout le monde grand frère ou cousin. C'est dire combien il était aimable et joyeux.

Il y a peu, il m'avait présenté à sa petite copine. Comme elle était douce et belle ce jour-là. Il avait fait une tournée au « Bébé, Reste Sage Ce Soir », le bar non loin de chez lui. À cause du couvre-feu instauré par le gouvernement dû à la covid, dès dix-huit heures, cet endroit vidait ses clients. On était obligé d'aller au « Mets-toi Bien Cette Nuit » remplacé par « La Turbulence », un autre bar très chaud de Derrière la Prison, aux couleurs arc-en-ciel, et aux allures joviales. Là, entre deux verres et la musique qui sifflait, il me dit :

— Grand frère, Daryss, je suis dans une situation compliquée en ce moment. Tellement compliquée que je ne sais moi-même pas comment et où mettre la tête. Me disait-il.

— Mon cher petit frère, Bibi… ton problème est le mien. Si tu te sens mal, alors moi aussi. Soulage-toi ! Que dis-je ? Soulageons-nous de cette douleur qui nous est commune. Mes oreilles sont les tiennes et ma bouche fécondera les mots justes pour panser ces maux. Tu es moi et je suis toi, ne l'oublie jamais !

Sa tête était tombée sur mon épaule gauche comme une pierre retombe sur la tête de l'enfant qui s'amuse sans conscience. Il semblait beaucoup souffrir à cause de ce fameux problème. Sa respiration s'accélérait. Je le ressentais et mieux encore, le mauvais air rejeté dégageait une telle chaleur que le blouson que j'avais laissait pénétrer celle-ci jusque sur ma peau. Sa respiration devenait de plus en plus intense, et avec des paroles douces et surtout réconfortantes, je tentais de le calmer.

Nous passions un bon moment dans cette position, une heure environ. Puis, petit à petit, le calme dans ses mouvements respiratoires revint et il reprit la position assise normale.

Les gens nous regardaient. Ils pensaient à un couple assurément. Ça se voyait dans leur regard. Je pouvais clairement le lire. Dans ce pays, tout est possible. Et puis, cela a été dépénalisé, non ? Chacun pouvait maintenant faire son ngunda ngunda pour de rien.

Il reprit confiance en lui. Je ne brusquais pas les choses de peur de tout aggraver. Il prit une bonne gorgée de Dopel. Il adorait cette boisson. À défaut d'avoir le mussungu, il en raffolait. Il disait que cette boisson était légère. Elle lui donnait des nuits calmes et surtout douces. Quand il était bien tranquille, je revins sur le sujet, mais lui ne voulait plus en parler. Alors, je n'insistai pas. La soirée continua sans plus aborder le sujet. Tant qu'il était calme et heureux, ça allait pour moi.

Je commandais d'autres bouteilles, moi avec ma Gabonaise (Regab), c'est un amour assez profond et puissant que personne ne pourra nous séparer. Vers quatre heures du matin, on se dit au revoir. Sa copine nous avait longtemps laissés. Elle nous avait dit qu'elle avait quelques affaires qu'elle allait régler de bonne heure. Donc, il fallait absolument qu'elle dorme pour avoir les forces nécessaires. Il n'avait été curieux, moi non plus.

Le lendemain, lui et moi nous vîmes en après-midi. Il allait vers les Charbonnages pour une balade, m'avait-il dit. Moi, pris par la réalisation d'une course, n'avais pas voulu en savoir plus.

Pendant qu'il racontait son histoire, la foule s'était entassée tout autour d'eux.

— Mais cela ne nous dit toujours pas pourquoi se suicider. Lançait une dame dans la foule.

— Madame, tout comme vous, je ne sais pas grand-chose sur cette affaire. Si je vous raconte ce que je sais, c'est pour que chacun essaie de trouver dans cette histoire les pistes conduisant à la résolution de cette énigme.

— Laissez le petit nous dire ce qu'il sait. Chacun de nous veut avoir des réponses aux nombreuses questions qui nous dérangent. Écoutons et ensemble cherchons. Peut-être qu'unis, nous arriverons à quelque chose.

— Il a raison.

— Ah ! Il nous raconte du n'importe quoi. Il veut monopoliser l'histoire. Lui-même l'a dit, il ne sait pas plus que nous. C'est un faux type qui veut nous tenir en haleine. Matchibi, pouah (il cacha à terre).

— Ah ! Va là-bas ! Tu nous racontes des sottises. Tchips !

— Qu'est-ce que vous nous racontez -là ? Qu'avez-vous chers amis ? Le petit a une histoire. Même si ça ne nous dit réellement pas pourquoi le suicide, mais elle a le mérite de nous donner des éléments et la psychologie du défunt avant le drame. Recadrait un homme. Il avait l'air de quelqu'un de sage.

Nous ne sommes qu'au début. Laissons-le terminer et nous verrons bien si nous aurons les détails tant attendus. Et puis, ça ne nous coûte rien d'écouter avec patience. Que pouvons-nous faire d'autre ? Sauf si, ici, quelqu'un a autre chose à nous dire. Quelque chose qui pourrait s'empresser de nous plonger au cœur même du problème.

— Ce monsieur a absolument raison. Lâchait une voix.

— Laissez le petit continuer ! disait une autre voix.

— Petit, tu as la parole sooooh ! renchérissait une autre voix encore.

— Allez, jeune homme ! On t'écoute ! proclamait le monsieur du départ.

— D'accord. C'est comme vous voulez. Plusieurs jours s'étaient écoulés sans plus de rencontres. Je prenais des nouvelles avec ses cousins. Même son numéro ne passait plus. « Il est chez sa copine et il va bien. Il n'a juste plus de téléphone. Son Androïd Chinois est tombé et l'écran ne fonctionne plus. Il a fermé les yeux. « Me disaient ces derniers. Moi, j'étais content de le savoir heureux. Je pouvais imaginer son bonheur auprès de celle qui n'avait de cesse de vanter les mérites : « Une bonne femme, une belle femme, une femme angélique, une déesse de l'amour, une dame respectable et respectée, la mère de mes futurs enfants, la reine de mes nuits insomniaques, la princesse de mon cœur de paysan, ma fée dragée, ma luciole de toujours, mon soleil de minuit. »

— C'est bon ! On a compris. Pour lui, elle était spéciale.

— Jaloux vaaa !

— Je ne le suis pas. Ça peut donner des idées aux petites qui sont ici. Là, nous serons piégés.

— Kia Kia kia. En chœur.

— Ah ça ! C'est vrai en plus. Notifiait l'un d'eux entre deux rires.

— C'est beaucoup plus tard qu'il revint chez lui. Reprenait-il. J'avais compris qu'il avait eu besoin de s'éloigner pour vider sa tête. Qui de meilleure que sa dame pour lui donner le sourire. Elle avait réussi.

Un jour, nous nous sommes rencontrés au carrefour de derrière la prison. C'était un jour avant mon anniversaire. Avant-hier. Je lui ai dit que mon anniversaire était aujourd'hui. Il m'a demandé, avant anniversaire, de lui offrir un à deux kilos (3 à 6 petites) de Dopel. Alors, nous sommes allés au « Bébé, Reste Sage Ce Soir ». Après un kilo et demi, il ne se sentait pas bien. Ça se voyait clairement. C'est là qu'il m'a dit :

— Grand, je suis dans la merde. Sincèrement, je ne sais plus quoi faire. Mon enfance, ma période de jeunesse et même là, à l'âge adulte, je n'arrive pas à comprendre ma vie.

Il y a six mois, mon grand frère, l'aîné, a mis fin à sa vie par pendaison à cause des mêmes problèmes. Aujourd'hui, c'est moi qui les subis.

Grand, je suis allé chez madame pour avoir un peu de tranquillité. Mais c'était encore pire. Je suis rentré pour avoir les idées en place. Seulement, je ne trouve pas le calme. Tout est chamboulé. Tout est désordonné. Il m'arrive comme des bribes d'espoir dans un monde cruel. Mes beaux et doux rêves sont devenus des cauchemars. Je me bars dans le sommeil contre moi-même. Tout est vide. Tout est profondeur. Je me vois noyer dans les abysses de la mort. Quand je prie, c'est le diable qui me répond.

À ces problèmes, mon père a été victime d'un AVC et en ce moment, il se remet difficilement.

Celui qui vient directement avant moi est fou. Ma mère, ma pauvre maman chérie est atteinte du VIH Sida et refuse même de prendre les comprimés. Je ne sais pourquoi.

Grand, je suis dépassé. Je me sens prisonnier, condamné pour un crime jamais commis. Comment réussir à sortir de cette cellule construite avec ma vie sur l'hôtel de la mort ?

— Petit, explique-moi clairement ton problème pour que je tente de t'aider. Comment le faire sans grandes informations ? Dis-moi. Je suis là pour ça petit. Allez ! C'est quoi ton problème ?

— Grand frère, je ne veux pas gâcher ton anniversaire, on en reparlera un peu plus tard. Cassons nos bouteilles.

Gérante ? Je reviens avec les bouteilles.

— Je ne peux pas te laisser sortir avec Bibi. Demain « matin tin », je dois faire les comptes avec le boss. Si tu veux, laisse ça ici, je note et tu viendras boire demain.

— D'accord. lançait-il.

— Ce jour-là, dans son sac déjà semi-ouvert, j'avais cru apercevoir une corde. Cela même qu'il a autour de son cou.

Bref, nous nous sommes dit au revoir pour une rencontre le lendemain matin huit heures à « La Turbulence ».

— Donc, aujourd'hui ? interrogeait quelqu'un dans cette assemblée.

— Oui, aujourd'hui.

— A-t-il honoré à votre rendez-vous ?

— Oui. Il est arrivé.

— Mais pourquoi n'étiez-vous pas ensemble ?

— Après deux tournées, il y a deux heures à peu près, il a prétendu aller se reposer un moment. Pour enfin terminer la soirée en beauté. Il a même déclaré que j'entendrai longtemps parler de ce jour spécial pour moi.

C'est plus tard que le cousin ici présent est venu m'informer de la situation. Je n'ai même pas cru. Mes Gabonaises sont même encore sur la table, à « La Turbulence ».

— Allons-y alors vider la table. Lançait quelqu'un.

— Oui ! Nous aussi nous venons…

Où je vous parle, la police est sur place. Les questions continuent. La mère de Bibi est en train de pleurer. Que s'est-il réellement passé ? Pourquoi en finir avec la vie quand on l'a encore dans la peau ?

À vous maintenant la Parole !

Kabul

Le jour se lève timidement dans Kabul. On a l'impression que le ciel est énormément triste. Les gens sont inquiets et partout, on ne parle que de ça.

Décidé de faire la grâce journée, je restais dans mon lit. Seulement, les murmures des gens dehors attiraient mon attention.

Alors, je me décidais d'aller voir ce qui se tramait. Je constatais d'abord une foule plus loin. Je m'avançais d'elle. On me céda facilement le passage. Je perçais ce monde sans trop de difficultés. Curieux et fasciné par celle-ci.

On était à Litsébé, non loin de la Bouenguidi. Juste en face de Biki.

Moi, je m'appelle Ngouèna, je suis inspecteur de police. Tout le monde le sait dans le quartier, c'est pourquoi, devant moi, chacun sait se tenir. J'ai déjà résolu plusieurs enquêtes parfois classées trop rapidement sans suite. J'adore fouiller, fouiner, aspirer, goûter lécher, etc., c'est le monde que je connais le mieux. Ici, tout le monde m'appelle : l'ISP Iso. C'est-à-dire « L'œil ». J'ai un regard très pointilleux. Je vois ce que certains ne voient pas. Doublé de mon intelligence, ça donne une bombe. Mais les patrons ne l'entendent pas de cette oreille. Ils me détestent au contraire. Pour eux, je suis une grosse menace pour leur poste. Avec autant de succès, je serais déjà très loin dans la hiérarchie. Mais bon, il faut dire que la mauvaise mentalité a la peau vigoureuse.

Je m'avance à pas régulier. On peut entendre :

— Laissez passer L'ISP Iso.

— L'ISP est là. Soyez sans inquiétude.

— L'ISP ! L'ISP ! L'ISP ! Sous les acclamations de la foule inquiète, mais heureuse de me voir.

— L'ISP on t'aime.

— Faites-nous encore honneur ce matin.

— Découvrez pour nous la crapule qui a osé faire ça !

— C'est une sale merde, celui qui lui a donné ce trophée.

— Merde ! Comment peut-il être cruel jusqu'à ce niveau. C'est inhumain ça.

— Oh ! Mon Dieu ! Qu'est-ce qu'elle a bien pu faire au Ciel pour mériter une telle mort ?

— Les gens sont vraiment cruels, hein !

— Pour de meilleures conditions de vie, ces personnes sont prêtes à tout. Même détruire la vie des autres. Ces propos fusaient de partout.

Ma marche continuait et mes yeux cherchaient des réponses jusqu'à ce que je tombe droit, devant l'un des spectacles les plus tristes au monde.

Un corps traînait là, sur le banc de sable. Un corps repêché de l'eau par un pêcheur au filet. C'était le corps d'une jeune fille, la vingtaine révolue. Très belle. Malgré la durée de trois jours tout au plus dans l'eau, ses traits de beauté étaient encore bien visibles.

Déjà au premier contact, on pouvait constater les seins, la langue, le sexe, les ongles des doigts de la main et ceux du pied, taillés.

Depuis quelques jours, une annonce passait en boucle à la télévision, promettant une forte somme à celui qui ramènera la demoiselle. Il était dit qu'une jeune fille avait disparu. La photo montrait la demoiselle devant moi. La fille du nouveau ministre. Tout le monde fut mis en alerte maximale. Quel gâchis !

Le ministre fut tout de suite contacté quand je confirmais l'identité de la demoiselle, par qui ? Je ne sais pas. On vit, avec lui, un cortège entier arriver avec précipitation.

— Laissez-passer ! Police !

— Police ! Allez ! Ouvrez le chemin !

— Police ! Ci.

— Police ! Ça.

— Police ! Par ici.

— Police ! Par là-bas.

— L'ISP, respect.

— Beau jour.

— Beau jour, Chef.

— Beau jour.

— Beau jour, chef, un réveil spécial, hein ?

— Je ne te le fais pas dire.

Surprise ! Quand le père me vit. Dans ses yeux, on lisait non pas la tristesse, mais plutôt la peur. Il me salua, me demanda quelques informations avec la voix d'un homme fort :

— S'il vous plaît, l'ISP, dites-moi quelque chose.

— Pour l'instant, je ne peux rien vous dire, monsieur le ministre. Si ce n'est ce que vous savez déjà. J'allais oublier, sincères condoléances, monsieur.

— Merci. Toutefois, qu'entendez-vous par-là ?

— Si vous êtes ici, c'est qu'on vous a appelé. Et je suppose que ce quelqu'un vous a déjà donné les premières informations. Sinon, celles évidentes.

— Je veux l'avis d'un expert, s'il vous plaît.

— Il est encore trop tôt pour me prononcer.

— Allez-vous prendre l'enquête ? J'espère que vous la prendriez !

— Je verrai.

— Ne la laissez pas à quelqu'un d'autre, s'il vous plaît.

— Monsieur, il y a la criminelle ici. Si elle me laisse l'enquête, d'accord. Cette zone n'est pas dans ma juridiction.

— Faites tout ce qui en votre pouvoir, s'il vous plaît. Si vous avez besoin de mon influence pour vous donner l'enquête, si elle peut aider, je vous la donnerais.

— Merci. Je tâcherai de ne pas oublier.

Les photographes et journalistes étaient également là. Il fallait avoir le scoop du jour. La police et la criminelle étaient toutes là. Le chef de la criminelle, voyant le ministre et l'ISP ensemble, vient saluer.

— Collègue. Monsieur le ministre.

— Beau jour, Sam. lançait le premier.

— Monsieur Ghévogho. Répondait le ministre.

— Sincères condoléances, monsieur.

— Merci. Mais faites tout pour trouver la crapule qui a fait ça !

— Entendu, monsieur.

Il s'en alla. D'un geste, tout son staff reprit la route de son bureau.

— Qu'en penses-tu, collègue ?

— Ça constitue un crime.

— Ça, je le sais déjà. Je parle de l'attitude du père.

— Ah ça ? Il est attristé par la nouvelle.

— S'il te plaît Iso.

— Qu'ai-je fait ?

— Ne me prends pas pour un débutant. Je te sais très observateur. Et rassure-toi, j'apprends beaucoup de toi. Tout le monde n'a pas le courage de le dire, mais moi si. Tu as mis la main sur des criminels qui nous ont échappé depuis des années. Tu as remis sur la table des dossiers classés sans suite. Et aujourd'hui, tu veux me dire que tu n'as rien vu ? Parlons franchement s'il te plaît.

— Je ne crois pas à un seul mot de ce que tu viens de me dire. Si j'ai réussi à déceler la peur en lui, combien de fois toi ? L'ISP, un peu de sérieux. J'ai besoin de ton expérience pour ce cas.

— Tu en auras, rassure-toi.

— Très bien. Merci.

Vers ses collègues. Un petit coup d'œil par-ci et un autre par-là.

— On cale rapidement les plans et preuves et on emballe tout !

— D'accord, chef.

Peu de temps après, tout était prêt et emballé. Le corps fut directement transporté pour chez le médecin légiste.

Les résultats étaient concluants. Au-delà de ce qui était visible, des mèches de cheveux étaient accrochées aux ongles de la victime, des gouttes de sang également avaient été retrouvées sur le tee-shirt de la défunte et plusieurs autres preuves faisaient du ministre Kéva Gate le principal coupable. Et surtout, une lettre de la défunte retrouvée dans la poche à fermeture et adressée à son père :

« Mon très cher papa. Que dis-je ? Monsieur le ministre.

Acceptez que je vienne très respectueusement auprès de votre si immense bienveillance solliciter votre bon cœur de père et non celui de ministre.

Monsieur le ministre, vous avez changé avec moi, et ce depuis votre accession à ce poste ministériel. J'ai perdu un père, un ami et surtout un confident. J'ai perdu une oreille privilégiée de ma vie. D'ailleurs, c'était, monsieur le ministre, le seul être qui dans cette terre était mon Bon Dieu. Sa femme, elle, n'avait que très peu d'intérêt pour moi. Toutefois, elle demeure ma mère. Mais bon, que puis-je faire de plus. On ne choisit pas sa famille et bien plus encore, sa génitrice. Sinon, d'aucuns ne naîtraient bâtards ou pire encore, enfants de folles. Soit.

Si je vous écris monsieur, c'est pour non seulement vous montrer le changement difficile que je vis maintenant par manque de ce père toujours présent et qui hier, ne pouvait m'entendre crier sans se précipiter vers moi. Mais qui aujourd'hui, n'a plus d'intérêt pour moi. Je crois même que la mort peut me faucher désormais sans qu'il ne bouge son petit doigt. Mais également vous dire que depuis quelques semaines, deux déjà, j'attends mes menstruations qui devraient pourtant être arrivées et passer depuis.

Monsieur, si je vous ai demandé des sous dans la première lettre il y a une semaine déjà, c'était justement pour me rendre à l'hôpital pour avoir le cœur net.

Seulement, je n'ai eu comme réponse que le silence et surtout un regard amer pendant le repas.

Monsieur le ministre, s'il vous plaît, rendez-moi mon père. Je vous en supplie, rendez-le-moi !

Dans l'attente d'un écho favorable, veuillez apprécier, monsieur le ministre, l'expression d'une enfant en quête de parents.

Sonia Prunelle Gate »

L'affaire était donc d'avance bouclée. Les radio-trottoirs disaient vrai. Et puis, pourquoi décède-t-elle ainsi juste quelques mois après son ascension au poste de ministre de l'Économie, des Finances, du Budget et de la Privatisation ? Toutes ces preuves accablantes et surtout on changement de caractère vis-à-vis de sa fille qui disait jadis être la prunelle de ses yeux.

Seulement, dans le cœur de chaque enquêteur, des inquiétudes persistaient. « Certes, les preuves sont là, mais elles y sont trop exposées. C'est trop facile. » Pensa l'ISP songeur.

— Tu ne trouves pas que cette affaire est un peu trop facile ? dit Sam Ghévogho qui sortit l'ISP de ses pensées. Lui qui venait tout juste de station.

— Beau jour, Sam.

— L'ISP, dit-il en saluant et touchant son chapeau.

— Oui. On a l'impression que soit celui qui a fait le coup est un apprenti…

— Soit qu'il l'ait fait exprès, n'est-ce pas.

— Oui. C'est exactement cela. Hum ! Tu fais de gros progrès, voyons.

— Je suis en bonne école.

— Alors, que conclus-tu ?

— La première piste est peu convaincante. Cependant, la seconde nous donne encore des rebondissements. Si on voit vrai, quelqu'un cherche à faire écoper monsieur Kéva Gate du crime de sa fille.

— Dans ce cas, à qui profiterait le mieux ce coup ?

— Tu veux me dire que tu ne sais pas ?

— Tu es l'enquêteur principal. Je te laisse la primeur des solutions.

— Arrête avec ton charabia. Cette enquête est la nôtre. Et c'est ensemble qu'on tirera au clair ce crime.

— Je n'ai aucun problème avec. C'est là tout mon souhait.

— Tu ne dors plus bien depuis un moment.

— Si, je dors mieux. Comme un bébé.

— Arrête de jouer à ce jeu avec moi, stp. Je ne suis plus le petit bleu qui cognait sa tête partout. J'ai bien grandi et le moi d'hier n'est plus qu'un souvenir lointain. Les réalités des contrées étaient différentes. Il me fallait un bon bain pour comprendre le degré de fraîcheur et de profondeur de la nouvelle rivière. Maintenant, tous les jours, je me jette dedans. Mon corps a fini par s'adapter. Et je suis plus en forme qu'avant.

— Je vois ça. Tu as raison. Je ne dors plus bien depuis un moment. Je…

— Je sais. Tu subis les harcèlements des gens du haut. Seulement depuis, tu crains pour ta vie.

— Oh là ! Dis-moi, tu fouines maintenant dans ma vie ?

— Mais non, voyons. Depuis que toi et moi avons décidé de travailler sur cette enquête, je subis les mêmes choses. Quelqu'un est venu me voir chez moi avec une mallette d'argent, le genre qu'on ne trouve qu'en haut lieu.

— Et que voulait ce quelqu'un ?

— Te virer et ensuite classer l'affaire.

— Tu connais ce quelqu'un ?

— Non. Il portait un masque et un brouilleur de voix.

— Cela atteste qu'on a affaire à quelqu'un qui veut vraiment la peau de monsieur Gate.

— Et pour ce qui est de la lettre ?

— Oublions-là, elle est fausse.

— Comment ça ?

— C'est un leurre.

— La criminelle est sans doute la femme. C'est à elle que revient toute la direction des affaires si le monsieur est inapte ou empêché par quelque chose la petite n'étant plus de ce monde.

— Bonne analyse. Faisons un tour chez elle pour lui dire beau jour.

— Avant, j'appelle le légiste. Un détail a dû « échapper. Qu'il refasse les examens, s'il te plaît.

Après le second épisode d'examens du corps, la fille était bien enceinte de deux semaines. Seulement, un autre indice fut découvert. De petits morceaux de peau bloqués entre les dents. La petite avait dû mordre le criminel avant de mourir.

Les machines présent à Kabul ne pouvaient servir à ce genre d'examen. Il fallait donc envoyer les tubes sur Lubev. Là-bas au moins, les machines viendront à bout de ces minuscules morceaux de peau et nous délivrerons les secrets sur le propriétaire.

C'étaient des morceaux de peau de l'épaule. Et le propriétaire s'appelait : Brice Tamni. C'est un usurpateur d'identité et surtout, un criminel très actif et recherché. Son contact n'était connu que des personnes de son milieu. On estimait que l'avoir sur un tel coup fait de la vraie victime un hors la course. Ce Brice Tamni nous rappelle encore le meurtre de Kévin le copain de Bitola.

Ces dernières révélations avaient fait libérer le ministre à qui le président lui-même avait retiré l'immunité ministérielle. Quand on le libéra, pour laver son image, il reprit tout de suite son poste avec un budget des plus complets. Toutefois, il était à la disposition des enquêteurs en cas de rebondissement. Ce qui fut acté.

La bouillabaisse

Plusieurs années se sont excusés d'être passés, puisque Julia Gate, l'ancienne première femme de Keva Gate, un ancien ministre de l'Économie, des finances, du budget et de la privatisation désormais Premier ministre du gouvernement n'a pas tiré des leçons.

Après avoir voulu faire condamner son époux, Keva Gate pour le crapuleux crime de leur fille Sonia Prunelle Gate, Julia continua d'entretenir une relation infâme avec son complice toujours en fuite, le dénommé Brice Tamni.

Julia Gate ne partageait plus la couche de son époux. Elle avait été renvoyée par ce dernier après ses années de prison. En fait, madame la ministre (puisqu'elle refuse de signer les papiers du divorce) en veut toujours à celui-ci de n'avoir pas mis assez de bien en son nom. Il a plutôt légué les quatre-vingt pourcents de sa fortune à sa fille unique. C'est fort de ça qu'elle et son amant aient fomenté une contre-offensive afin d'accaparer toutes les richesses dudit monsieur en le mettant hors-jeu et surtout entre quatre murs.

Mais le plus grand coup raté, il fallait avec l'homme le plus recherché du pays improviser.

Chercher d'autres sources de revenus avant de concocter un autre grand coup. Cette fois, meilleur. Et surtout impossible de rater.

Toute l'armée avait été mise derrière ses trousses. Une forte récompense promise et un poste juteux (à l'armée ou dans une boîte spéciale) en bonus à qui aura la chance d'arrêter Brice Tamni.

Les amours parfaites s'accumulaient entre Julia et Brice. Ils avaient un endroit secret où les deux pouvaient se voir sans jamais être attrapés. Il faut dire que Brice Tamni est un grand parleur, il maîtrise la parole et donc manipule avec aisance le mot.

Les femmes et filles des grands types, les hommes fortunés, étaient ses principales victimes. Sans oublier les missions particulières qui faisaient aussi son succès. Comment réussir à arrêter quelqu'un à la solde du même pouvoir ?

Seulement, depuis plusieurs années, depuis que l'affaire Sonia Prunelle Gate et surtout sa mère avait été arrêtée, les affaires de ce dernier avaient progressivement chuté. Tout le monde craignait désormais les retombées. La remontée des informations faisait peur. Et « Ce petit imposteur ISP ISO qui n'arrangeait pas les affaires », disaient les nombreux commanditaires.

— Mon amour, mon roi ? dit Julia à son amoureux.

— Ma Fée Dragée, ma reine sempiternelle, je suis là. lança-t-il.

— Dans mon compte caché, celui qui ne peut être rétracté, je n'ai plus assez de fonds.

Il se redresse, appuie les yeux du pouce et de l'index pour chasser le sommeil. L'effet de la lumière sur les yeux encore remplis de sommeil impose leur fermeture momentanée. Progressivement, il les ouvre. Il constate qu'elle n'avait pas de sous-vêtements. Un coup d'œil rapide à la pendule au mur : sept heures quarante-cinq minutes et trente secondes. Un sourire l'accueille. Il ne sait que dire de ce qu'il voit. En revanche, il sait ce qu'il doit faire. Affaire argent peut attendre. Il l'attire vers lui. Elle se laisse faire. Elle se laisse prendre. Elle se laisse consommer. Elle se laisse consumer. Il la déguste. Il la salive, la lèche, la mâche, la croque et même l'aval.

Elle adore ça. Cette sensation de picotements de plaisir. Le drap s'étire en même temps qu'elle. Il se détache puisque serré par ses mains, ses deux mains. Le veinard cherche les profondeurs de la source avec la bouche, la première. Elle sort son plaisir avec des jeux de jambes. Le plaisir est extrême et celui-ci l'arrache des soupirs étouffés ou non à la volée. Il sait s'y prendre le criminel. Il sait que Julia adore les sensations fortes. Alors, il ne passe pas par de petites portes. Il frappe aux grandes pour faire effet. Elle voit des grappes d'étincelles. La respiration s'accélérait et elle devient subitement saccadée, par à coup. Il la sait prise. Bien prise. Elle est entre les filets triples mailles. Elle est condamnée et damnée par ce plaisir d'expert. Il sait qu'après ça, elle dira oui à tous ses désirs.

Il navigua alors avec la pagaie. Il se laissa guider par les rapides et puis soudainement, le vent lui intima l'ordre de ramer à contre-courant. Il prit alors l'arrière de sa pirogue et grava des sentiers interdits avec. Ils traversèrent les montagnes Russes, sauvèrent les anciens combattants, ils virent les oiseaux sur le Kilimandjaro et s'arrêtèrent pour grignoter sur le Mont Iboundji. Un détour rapide au Mont Ignonga passer le beau jour au Poète de

Miyanga. Ils montèrent des chevaux. La chevauchée était pénible, douloureuse parfois, mais ils adorèrent, Julia surtout. Elle disait que « la douleur qui suivait ces moments procurait un plaisir jamais connu. Ainsi, cette douleur était comme anesthésiée pour ne ressortir que la jouissance extrême. C'était comme aller en nuit de noces avec un dieu. Tomber enceinte de lui cette même nuit, et mettre au monde un dieu terrestre. Le pied ultime ».

Ils explorèrent toutes les contrées, terrestres, maritimes, célestes… Ils atterrirent bien épuisés par ces aventures exceptionnelles. La dame était comblée. Lui bien épuisé. Elle en voulait encore. Ce genre d'expériences redonne des envies. Il réclama une pause. Elle refusa. La pause gâche le plaisir. Ça enlève le désir qui brûle le corps. Il prétexta un désir immense de s'évader un moment. Il alla aux toilettes. Prit une douche froide. Il revint en forme. « Cela valait le coup d'attendre », se dit-elle. Il la combla à nouveau. Elle voulut encore. Il combla une nouvelle fois. Puis, encore. Au bout de la septième fois, elle abandonna toute seule. Le trajet devenait pénible à force de marcher. La fatigue prenait possession de tout son corps. Cela donnait l'impression d'une torture. Pourtant, l'envie ne manquait pas… Ah amour, quand tu nous tiens !

— Il te reste combien en cachette ? dit-elle.

— Je n'ai plus rien. Le compte est à zéro depuis une semaine déjà mon amour.

— Quoi ! Et tu ne me dis pas ?

— Mon amour. commença-t-il.

Il l'embrassa. Tremballa sa main sur l'étimbè. Le milieu de la source. Elle frémissait. Elle voulut la retirer, mais il savait tellement s'y prendre que « retirer » n'avait pas de chance.

— Tu sais que j'ai quelques dettes par-ci et par-là. reprit-il. Je devais les régler pour qu'on ne nous dérange pas. La grande des parties a déjà été réglée. Il me faut cinq cent quatre-vingt millions pour un nouveau projet.

— Je n'ai pas cet argent. Il ne reste plus que quarante-huit millions. Le compte approvisionné est tracé et tu le sais. Le moindre retrait et nous trouverons. Moi, on va me faire signer les documents du divorce et tout sera fini. Le privilège de femme de ministre à l'eau. Toi, direction la prison à perpétuité. Est-ce cela que tu veux ?

— Évidemment que non. On est donc dans la vraie merde.

— Ce compte est un piège et tu le sais. Je ne veux pas tomber dedans comme une apprentie.

— C'est clair. Il va donc falloir chercher d'autres sources de revenus.

— Que proposes-tu ?

— Quelques casses.

— C'est attirer l'attention sur nous.

— Alors que faire ?

— Limitons les dégâts pour l'instant. Comment as-tu pu brûler quatre-vingt milliards en un rien de temps ?

— Je t'ai déjà tout expliqué.

— Bon, allons désormais doucement. Préparons mieux le coup du siècle.

— Je sais.

Quelques jours plus tard, il vida le compte secret de Julia et s'en alla sans aucun mot sur la table. N'ayant plus rien, elle appela Keva Gate et négocia quelques conditions avant de signer les documents qui scellèrent la fin de leur relation.

Un mois après, Brice Tamni envoya un message à mademoiselle Julia Matiti Makaya :

« Julia ma Fée, dans l'encre de ces quelques mots, oh tu ne peux imaginer combien coulent énormément de larmes ! Mon amour, je suis navré de ce qui t'arrive par ma faute. Seulement, tu me connais, je suis comme un Papillon Volant. Libre.

J'ai besoin de m'effacer un instant. Je me permets donc de disparaître, car le vent ne souffle pas du bon sens en ce moment. Je le pressens avec puissance.

Je sens le frisson traverser mon corps, en entier, tout en désapprouvant mon être. Je perçois, à tes côtés un parfum malfaisant et impur m'éloignant petit à petit de la voie, ma voie.

Maintenant, le voyant venir de loin, je préfère m'en délivrer, de peur de se causer plus de tort que de bien à l'avenir…

Bonne continuation ! Je t'aime.

B-T »

Nganga dansé dansé, il pose un peu

Plusieurs mois après le coup des milliards fait à Julia Gate, le recherché Brice Tamni alla dans une autre ville injecter son venin.

Les femmes et filles des personnes fortunées étaient ses premières victimes. Quand, il eut assez de la ville pétrolière Port-Gentil, il alla à Makokou puis à Mayumba. Il aimait la sensation des vagues et du vent sur le corps. Les plages et tous les mystères qui renforçaient la côte de cette partie du Gabon.

Avec les affaires en chute, il fallait bien se faire une santé financière obligatoire.

Alors, il inspecta les lieux. S'informant auprès des anciens sur telle ou telle autre famille.

Nzengué, un Nzebi de Lastoursville et sa femme Sindy Moussavou Épse Nzengué, une Punu bien ficelée filaient le parfait amour jusqu'à ce que Brice Tamni saute sur l'occasion.

Il faut dire que le couple Nzengué vivait dans des conditions assez aisées. Mari travailleur. Avec un grand poste quelque part. Épouse, secrétaire du ministère de l'égalité des chances. Au compteur, deux enfants : Jordy et Milly. Le garçon douze ans et la fille huit. Elle attendait même un troisième, une grossesse de près de trois mois qu'elle s'est très vide fait le plaisir de jeter aux toilettes.

Brice Tamni avait joué un rôle capital. Il avait dû peser de tout son poids pour arriver à ce résultat. L'homme faisait la pluie et le beau temps dans la relation du couple qui jadis était heureux. D'ailleurs, le couple Nzengué était toujours le modèle des voisins. Tout le monde voulait être comme lui. Les femmes rêvaient toutes d'un Nzengué et les hommes d'une Moussavou.

Seulement, depuis un moment, le couple semblait divisé. Madame Nzengué, de façon délibérée, désobéissait maintenant à son homme, elle qui ne jurait que sur ses enfants et lui avait complètement changé. Dès fois elle était présente de corps quand, son esprit était en train de naviguer dans les profondeurs du monde. Ah perturbations ! Ah envoûtement ! Ah les problèmes ! Quand vous nous tenez !

Il savait son point de grand impact. Il la savait prise dans ses filets. Comme toutes les autres. Alors, il appuya sur le champignon. Il était là pour une mission et non pour son amour. Même les trois femmes qu'il avait tant aimées, Olivia, Staëlia et Julia, il les avait trahies après les avoir rudement ruinées. Pour ce coup, il savait que son mari tenterait de s'y opposer. Alors, il fallait prendre les devants en éliminant la concurrence.

C'était beaucoup de magots. On ne parlait pas en centaines de milliards comme avec l'ex Julia Gate redevenue Julia Matiti Makaya, mais au moins en millions. Il vaut mieux ça que rien avec sa popularité qui va décrescendo.

Maintenant, il fallait forcer le destin à revenir sur les rails. Remettre les pendules à la bonne heure afin de repartir sur des bases nouvelles et cette fois plus solides.

— Comment réussir son coup sans attirer les nombreux prédateurs à ses trousses ? Un accident de voiture ? Non. Ça attirerait l'attention. Un braquage ? Non pour ça aussi. On ramasserait tout le monde et un petit pourrait cracher le morceau pour réduire sa peine ou pour échapper à la prison. Alors, quoi ? Un empoisonnement peut-être. Par sa femme à petit feu. Plusieurs gouttes par jour pendant un bon moment, et il ira calmement saluer sa famille déjà au ciel » se dit-il.

Il fallait alors chercher un médicament fort silencieux. Un poison inodore et incolore.

Incapable d'être détecté dans le sang. Il savait un ami capable de fournir ce genre de choses : Le Magicien. Alors, il se rendit chez ledit Magicien, obtenu le liquide pour trois millions. Avec en bonus : la mort bien assurée. Il fallait simplement mettre une quantité bien dosée dans un verre d'eau ou de boisson. Il y avait aussi le doseur pour les bouteilles.

Nzengué, chaque jour, inocula ce poison comme on consomme du vin de table. Il le prit au lever, à table, dans son jus pour le départ au travail, à son retour à la maison… Moussavou prenait soin de lui tout en l'accompagnant dans la tombe. Elle redevenait attentionnée. La femme d'avant et bien plus encore. Ce qui inquiéta et surtout alerta Nzengué. Cette variation comportementale qu'avait son épouse. Depuis des années qu'ils vivent ensemble, elle était demeurée la meilleure. Son amie, sa confidente et son amour après sa famille et ses enfants. Sa femme était là, en troisième position.

Il faut dire que Nzengué a subi les foudres de la vie depuis sa tendre enfance. À six ans, il perd son père. Sa mère, Kialo Yolande devint ainsi le seul être important de son monde. Quand les autres allaient à l'école entre leurs parents, lui tenait simplement la main de sa mère. Et cela dix ans durant. La mère déprimait par l'effet de solitude. Elle ne voulait pas inquiéter son fils avec l'idée du désir d'un autre enfant dans la maison. Cela pourrait laisserais peut-être supposer qu'elle aurait oublié son père. Ce qui n'était nullement le cas. Elle voulait lui donner la joie d'une famille nombreuse. « Même un seul encore, une fille surtout » se disait-elle sans cesse. Même dans ses rêves, pendant ses nuits insomniaques, elle se l'articulait. Elle parlait. Pleurait. Plusieurs fois prise dans les mailles du sommeil, sur le canapé, elle vivait la joie d'être à nouveau maman. C'était toujours une fille dans ses rêves. Elle l'interpelait toujours : Yolvie. Lui, caché derrière sa porte l'écoutait. Rien que son bonheur. Pleurait parfois avec elle dans son sommeil. Petit à petit, il voulait que ce rêve, pour elle, se réalise. Lui aussi voulait goûter au plaisir d'être appelé : grand frère ou yaya. Il se voyait déjà courir avec elle partout tout autour de la maison. Main dans la main avec sa maman aussi à la plage, au super marché, sur le chemin de l'école et du retour, frapper celui qui osera faire couler ses larmes, imposer le respect à tous ceux qui tourneront autour d'elle. Elle se sentira en sécurité et lui, le garde de corps favori. Sa mère sera fière de lui. Lui son monde de merveilles. Son homme de confiance. Celui qui ne blessera jamais son cœur si fragile. Quand elle se libérait des filets de Morphée, il était loin. Il était dans sa chambre. Pleurant de l'absence de cet homme qu'il aimait tant et continuait de vouer un culte spécial.

Il accepta sa mort. Ce départ brutal. Il conjura le sort et dit à sa mère :

— Donne-moi une sœur, maman. lança-t-il.

— Que… Que… Quoi, Nzé ? dit-elle déboussolée.

— Je veux que tu me donnes une sœur, maman. répéta-t-il.

— Chéri, ce n'est pas facile ce que tu me demandes. Cela impose…

— Un grand sacrifice, oui. acheva-t-il.

— Qui es-tu ? laissa-t-elle échapper. Comment et où as-tu entendu cette phrase.

— Je suis ton fils, maman. C'est moi Nzé.

— Non ! Mon fils ne saurait pas cette phrase. Elle est prononcée seulement…

— Dans ton rêve ? Oui, je le sais, maman. Tu la répètes tout le temps dans ton rêve. Tu prends plaisir à faire le même rêve. Je t'écoute et t'observe parfois.

— Mais chéri…

— Non ! Maman. Ton malheur est le mien. Ta peine est la mienne, tu sais. Je souffre autant que toi, maman. Cette nuit-là…

— Chut !

Il le dit en pleurant. Émotion qu'elle partagea. Elle aussi se mit à fondre en larme. Elle l'attira vers elle. Lui, sauta dans ses bras. Tous les deux pleuraient les larmes de tristesse. L'un pensait à son mari, et l'autre à son père. Et puis, tous les deux vivaient le bonheur du père qu'il aurait été. Les larmes coulaient de plus belle. La mère serrait son fils contre sa poitrine. Contre ces seins qu'il a pris pendant longtemps. Elle se rappelait encore cette époque. Des souvenirs revenaient forts et puissants. Quel plaisir de devenir une mère ! Quel bien fou ! Des larmes de palme mouillaient Nzengué. Ils se vidèrent de tous les soupirs de leurs corps.

Toute la tristesse disparut avec eux pour ne laisser place qu'au bonheur. Le plaisir de vivre heureux. La joie d'être libre. Libéré de ce poids qui longtemps a été sur leur dos. Libéré du joug de l'angoisse et l'agonie de l'espoir. Le désespoir n'était plus qu'une chanson créée il y avait bien des lunes. Il fallait avancer. Le Nouveau Monde était sans conteste devant. L'avenir était déjà radieux. Tranquillité, joie, paix, etc. attendaient au carrefour de l'espérance. Il fallait juste accepter l'appel, marcher quelques minutes avec courage et détermination pour les croiser. Ils acceptèrent l'appel, firent le saut dehors, marchèrent un moment et virent tranquillité, joie, paix, etc. Ils les saluèrent et firent d'eux leurs amis de foi.

De cette nouvelle compagnie, elle rencontra Mayer avec qui elle eut évidemment : Yolvie, Julvie et Efrilvie.

La famille grandissait et le bonheur encore plus grand. Mayer était un homme bon. Il aimait la famille. Yolande avait des sœurs, Ngondo Thérèse, Niongo Julienne, Kassa Stéphanie… avec qui elle partageait de bons et de mauvais moments. La première cité était la plus âgée. Avec ses sœurs, elle avait instauré un rendez-vous annuel que personne n'avait le droit de rater. C'était appelé : La fête de la famille. Il était organisé tous les neuf mai.

Seulement, ce jour-là, Nzengué fut convoqué à son travail pour une urgence. Il savait qu'il se ferait gronder du retard au rendez-vous familial, mais pas grave. Il assumera. Alors, sortir le matin et dit à sa femme d'avancer avec les enfants. Elle expliquera son urgence à la famille. Les voir là-bas était la preuve qu'il viendrait.

C'est ce même jour-là que Brice Tamni décida de cambrioler l'appartement des Nzengué. Les sachant absents, il prit le chemin de la résidence. Il avait le plan de la maison et la clé de toutes les portes. Quand Nzengué était absent, il remplaçait ce dernier dans sa couche. Alors, pour éviter de cogner afin de déranger les enfants, il avait son propre trousseau de clés gracieusement offert par Moussavou.

Il entra, sur la table, vit trois premiers grands crus classés de Bordeaux : Mouton Rothschild, Lafite à Pauillac, Château Margaux et trois verres. Chaque verre rangé devant une bouteille. Il savait le chef de famille connaisseur et amoureux de grands vins. Il empoigna un, fit sauter une bouteille et la vida rapidement. Il n'ignorait que pour ce qui est de ces grands vins-là, il faut les déguster. Seulement, il ne voulait perdre trop de temps. Il prit ensuite les deux autres et les mit dans son sac. Il vit aussi la lettre posée à côté des bouteilles, et l'a lue :

« Pour celui qui illumine mon cœur de femme

Pour cet amour, cette grande flamme

Pour le bonheur toujours présent

Pour le chagrin loin et donc absent

Je veux te dire que tu es formidable

Je sais que par moment j'ai été fort minable

Mais aujourd'hui, j'ai compris mon erreur

C'est pourquoi, pour ton pardon, je t'offre ces bonheurs

La vie est si simple, tu le sais

C'est l'humain qui la complique

Il suffit pourtant d'écouter la musique

Pour vivre dans un monde tout parfait

J'ai été conne

J'ai voulu changer la donne

J'ai au passage brisé ton bonheur

Désormais, sois sans peur

Je te donne mon cœur

Je m'offre à toi corps et âme

Mon Roi, oublions toutes nos rancœurs

Afin de ne plus verser aucune larme

PS : N'oublie pas de nous rejoindre chez maman. Je vais te protéger, mais comme moi, tu sais que cela ne durera pas longtemps avant qu'une d'elles ne s'énerve de ton absence.

Ta douce caresse matinale, la première dame de Monsieur Nzengué Jino »

Il cracha à terre. Voulut déchirer la lettre, mais se ravisa. « Il fallait bien que cette lettre soit là au cas où il passait par ici. » se dit-il. Il remplaça les bouteilles et nettoya d'abord les verres, puis la salive au sol.

Au moment où précisément il voulut aller au coffre-fort situé à l'étage, il eut comme un vertige brusque qui le cloua directement au sol.

Son cerveau était comme s'il allait exploser. De solides maux de tête l'électrisaient. Pendant ce temps, Nzengué appuya sur la pédale d'accélération. Il voulut arriver d'abord chez lui, mais se dit qu'il perdrait trop de temps à y aller. Il voulait voir la surprise que la femme avait réservée pour lui.

« Si tu passes par la maison, une surprise t'y attend. Attention, ne mets pas assez de temps ! » Elle savait qu'il adorait ça, les surprises. Mais sa mère passait avant tout et elle le savait. C'est pourquoi, elle avait pris le soin d'envoyer ce message pour tenter de corrompre sa mémoire afin de changer ses priorités.

Mais il ne considéra pas le message et alla directement au rendez-vous familial. Il fit semblant d'avoir aimé la surprise et lui dit même qu'il voulait que cela se répétât. Elle savait qu'il n'y était pas allé. Le trajet jusque chez ses parents était environ de deux heures quarante.

Son amour pour sa mère venait de sauver Nzengué d'une mort incontestable. En effet, chacune des bouteilles contenaient une grande dose de poison paralysant et qui tuait en une heure trente minutes. Un seul verre était capable de mettre en arrêt une antilope. Mais Brice Tamni venait de vider une.

En voulant danser plus vite que la musique, on se prend un bras sur le visage. Et si cela ne suffit pas, ce sont les pieds qui souffriront. Nganga dansé dansé, il pose un peu.

Fin

Table des matières

Nouvelles déjà parues

Chronique d'un Dieu oublié — Efry Trytch Mudumumbula

Mémoire épluchée — Efry Trytch Mudumumbula

Mê l'Ange — Collectif Des Auteurs Africains

Réalisation de maquette : GNK Éditions Gabon
Tel : (+241) 066 600 380
gnkeditions.gab@gmail.com
Site : www.gnk-editions.com

ISBN papier : 978-2-37806-352-8
ISBN pdf : 978-2-37806-353-5
ISBN epub : 978-2-37806-354-2

Imprimé par gnk.impression@gmail.com /
(+241) 077.853.540
Dépôt légal de juillet 2021
3e Trimestre 2021